AU RÉVÉREND PÈRE

LACORDAIRE

Prédicateur à Notre-Dame de Paris

ÉPITRE

PAR M. C. D. F....

PARIS

P.-H. KRABBE, ÉDITEUR

39, rue Dauphine

Et chez tous les libraires et marchands de nouveautés.

1845

LACORDAIRE

Prédicateur à Notre-Dame de Paris

ÉPITRE

PAR M. C. D. F....

PARIS

P.-H. KRABBE, ÉDITEUR

39, rue Dauphine

Et chez tous les libraires et marchands de nouveautés.

1845

1844

LACORDAIRE.

Trois fois, au temple saint, tribun de l'Évangile,
Ta parole éloquente, énergique, fertile,
A semé dans mon cœur attendri, transporté,
L'Espérance, l'Amour, la Foi, la Charité.
Oui, je les sens germer dans le fond de mon ame,
Ces semences d'en haut!... Prêtre, ta voix m'enflamme,
Et tes cris déchirants qui montent vers l'autel,
Redescendent sur moi, comme tombant du ciel.

Le dimanche, je cours vers l'église gothique,
Pour entendre prêcher le fils de Dominique :
Je trouve les parvis inondés d'auditeurs ;

Jeunes gens et vieillards sont ses admirateurs :
L'élite de Paris s'approche de la chaire....
Se presse pour entendre un moine... Lacordaire !
Une moine revêtu d'un froc... vieux souvenir,
Un moine dont la voix devance l'avenir !

Humble apôtre du Christ, dis-moi quelle puissance
Enchaîne tous les cœurs à ton obéissance ?
Au monastère, seul, avec ton ame et Dieu,
Lorsque tu fis au monde un éternel adieu,
Délaissant tous les biens que convoitent les autres,
L'esprit d'en haut sur toi, comme sur les apôtres,
Sur l'aile des éclairs tomba-t-il enflammé ?
Ou bien, comme saint Jean, disciple bien-aimé,
Dans une autre Pathmos, loin des routes mortelles,
As-tu vu du Seigneur les splendeurs éternelles ?
Les séraphins ont-ils dévoilé pour tes yeux
Les malheurs de la terre et les secrets des cieux ?

Car, pour remuer les cœurs, dans le siècle où nous sommes
Pour réveiller la foi qui dort chez tous les hommes,
Faire aimer l'Évangile aux peuples d'Occident,
Il faut avoir vu Dieu dans le buisson ardent,
Sur les cîmes d'Horeb, comme un autre Moïse,
Admirer les trésors de la terre promise...

Il faut avoir brisé tous les liens d'ici-bas ,
Comme l'apôtre Paul sous les murs de Damas...

Moine, voilà pourquoi tes brûlantes paroles
Des doctrines du Christ dévoilant les symboles ,
Ont ravivé mon ame au flambeau de la foi,
Et rallumé le feu qui s'éteignait en moi.

Gloire au Christ ! car lui seul opère ces miracles ,
Lui seul donne pouvoir d'annoncer des oracles !
Lui seul peut faire aimer la douce charité ,
La reine des vertus, la pure chasteté.

Vas-donc, moine, poursuis ta course dans le monde ,
Jette comme le grain , ta parole féconde ;
La victoire t'appelle, attentifs à ta voix ,
Les grands et les petits adoreront la croix.

O croix , vil instrument de honte et de supplice ,
Il faut que du Très-Haut l'oracle s'accomplisse ;
Par toi régénérés, les peuples à genoux
Adoreront le Dieu qui s'immola pour tous !
Il luit déjà, le jour prédit par le Messie ,
Le soleil a brillé dans la nue éclaircie ,
Des grandes vérités céleste avant-coureur ,

Repoussant dans l'enfer le mensonge et l'erreur !

Moine dominicain, attaque l'hérésie
Qui succombe en tous lieux, et, nouvel Isaïe,
Pour le bonheur de tous, remplis ta mission ;
Prédis à l'univers les beaux jours de Sion.
Toi seul, par les accents de ta mâle éloquence,
Peux chasser de nos cœurs la froide indifférence,
De la foi des aïeux rallumer le flambeau,
Exhumer le passé des ombres du tombeau !

Ils ne sont plus, les jours où l'erreur triomphante
Effrayait Rome au bruit de sa voix menaçante,
Divinisait Voltaire et couronnait Rousseau.
Les hommes ne sont plus des enfants au berceau,
Crédules incertains, qu'un philosophe allaite ;
Notre peuple de France a relevé sa tête :
Contre les faux docteurs il faut le prémunir ;
Le monde est vieux... la foi pourra le rajeunir.

Allons, moine prêcheur, ô nouveau Dominique,
Réveille par ta voix le monde catholique !...
. . . .
. . . .
Je me souviens du temps où, la plume à la main,

Journaliste connu du soir au lendemain,
Comme un soldat armé, toujours en sentinelle,
Tu prêtais à la presse une langue nouvelle.
Du journal l'*Avenir*, courageux rédacteur,
Pour le catholicisme ardent agitateur,
Tu fus de Lamennais digne compagnon d'armes.
Vous demandiez tous deux des bras et non des larmes,
Pour un peuple opprimé, pour, la Pologne en deuil,
Qu'un tyran courroucé plongeait dans le cercueil.

Pologne catholique ! infortuné royaume,
Sacrifié par l'Europe à la fureur d'un homme,
Pays de Sobieski, noble France du Nord,
Tes frères de Paris admiraient ton effort :
Ils demandaient pour toi la force et la victoire...
Lorsque tu succombas sous le poids de ta gloire,
Nos prêtres, prosternés aux pieds des saints autels,
Imploraient du Très-Haut les secours immortels ;
Ils bénissaient de loin ton antique bannière :
La voix de Lamennais, celle de Lacordaire,
Aux champs d'Ostrolenka t'apportèrent l'espoir !
Le jour de liberté n'arriva pas au soir !...
Tu tombas, et sur toi l'insolente hérésie
S'assit dans un transport d'indigne frénésie :
Tes remparts démolis, tes héros mutilés,

Tes églises en feu, tes prêtres exilés,
Signalaient la fureur du conquérant barbare,
Et Rome te perdait, fleuron de sa tiare !
La Pologne était morte !... Alors dans l'*Avenir*
Parut un chant de deuil, fraternel souvenir
Qui trouva des échos dans toute notre France,
Terre des exilés, asyle d'espérance !
Cette grande élégie attendrit tous les cœurs,
Et les nobles débris échappés aux vainqueurs,
Fuyant de Nicolas l'implacable colère,
Dans chaque hôte français retrouvèrent un frère.
Ils avaient défendu la catholicité,
L'honneur de leur pays, leur foi, leur liberté.
Vous les applaudissiez... Tu t'en souviens sans doute,
Moine dominicain... Puis tu changeas de route,
Tu laissas Lamennais, indompté, combattant...
Lamennais-Lucifer fut appelé Satan !...
En vain Rome tonna... Ce sauvage génie,
Des concerts plébéiens recherchant l'harmonie,
Armé pour la réforme et pour le bien commun,
Sortit du sanctuaire et devint un tribun !
Tu ne le suivis pas dans l'arène nouvelle,
Tu dirigeas tes pas vers la ville éternelle :
Sur le tombeau de Pierre, humblement prosterné,
Renonçant pour toujours au monde abandonné,

Tu méditas longtemps... Plongé dans la prière ,
Tu disais au Seigneur. — Montre-moi la carrière
Qu'il faut suivre, ô mon Dieu; conduis-moi par la main,
Et fais que ma parole, utile au genre humain,
Propage l'Évangile et sa sainte doctrine,
Le nom de Jésus-Christ, sa clémence divine.

. . . .

L'ange qui te guidait au Ciel porta tes vœux ,
Et puis tu disparus caché pour tous les yeux.

. . . .

Un matin, dans Paris , la nouvelle Sodome ,
Où tout passe si vite , où les traces de l'homme
S'effacent pour toujours sous l'aile d'un instant ,
On dit que, devenu très-humble pénitent,
Le jeune agitateur, le fougueux Lacordaire,
Portait dans un couvent le cilice et la haire ;
Que l'ardent publiciste, humble moine prêcheur ,
S'armait pour le salut du juste et du pécheur.
On rejeta d'abord cette étrange nouvelle ;
On dit : — La renommée est souvent infidèle...
Tant d'hommes dégoûtés des grandeurs d'ici-bas ,
Cherchent le calme au cloître, et ne l'y trouvant pas,
Désertent tout-à-coup cette nouvelle tente,
Préférant les hasards d'une lutte incessante.
Ah ! nous ne sommes plus à ces temps de malheurs,

Où les enfants fuyant tous leurs parents en pleurs ,
Effrayés par les cris de la guerre civile ,
Couraient au monastère, y trouvaient un asyle
Contre les oppresseurs, les bandits, les tyrans ,
Un refuge assuré contre les conquérants.
L'Europe au moyen âge était une fournaise ,
Aujourd'hui l'on sert Dieu dans le monde, à son aise.

Tels étaient les discours de tes nombreux amis ,
Car tu sais que chez nous tu n'as pas d'ennemis.

Dans Rome cependant, retiré, solitaire,
Tu préparais ta voix au divin ministère ;
Tu priais le Seigneur de donner à ta voix
La force pour parler au peuple, aux grands, aux rois,
Et tu lui demandais, du fond de ta retraite ,
Le feu qui purifia les lèvres du prophète.

Ton œil avait sondé l'abîme de ces temps ;
Il avait vu tomber d'illustres combattants ,
D'éloquents orateurs, zélés pour l'Évangile ,
Dont la voix se perdait dans un monde stérile.
Tu savais qu'il fallait aux grandes vérités ,
Un abandon complet des folles vanités ,
La sainte pureté de mœurs que rien n'efface ,

Tu choisis le cilice et le froc pour cuirasse....
Habit impénétrable aux flèches de l'enfer,
Préservatif plus sûr que l'acier et le fer,
Froc, grave vêtement de deuil, de pénitence,
Le prêtre, avec toi, peut affronter la puissance
D'un monde ricaneur et qui ne croit à rien ;
Ta robe, ô Lacordaire, est un bouclier d'airain !
Et le divin bouclier fait d'étoffe grossière,
Pour l'incrédulité devient une barrière,
Et l'impiété ne peut résister, cette fois,
Au moine dont la gloire est de porter la croix,
Au moine qui renonce à ce monde frivole
Pour glorifier du Christ la divine parole :
Il prêche par l'exemple, et le monde étonné
Vénère l'orateur qu'il aurait couronné
De lauriers et de fleurs sur la place publique...
Mais Lacordaire est moine et fils de Dominique !

. . . .

Prédicateur ardent, lorsque le ciel vainqueur,
Des grandeurs de ce monde eut détaché ton cœur,
Lorsque d'une voix ferme, au fond du sanctuaire,
Tu prononças tes vœux... seul dans le monastère,
Sous d'antiques arceaux errant pendant la nuit,
Avec les trépassés, sans tumulte, sans bruit,

Allant et revenant aussi triste qu'une ombre,
Des regrets trop tardifs, des souvenirs sans nombre
Se réveillèrent-ils dans ce moment pour toi
Avec le repentir ?... Dominicain, dis-moi
Si tu n'éprouvas pas une douleur amère,
En pensant à Paris, à la France, à ta mère,
Ou si, comme Jérôme aux sables des déserts,
Tu ne fus pas troublé par les mille concerts,
Les terrestres échos de la pompe mondaine
Qui venaient jusqu'à toi des rives de la Seine?

O mystères du cœur ! sacrifice inouï !
Laissons Moïse seul sur le Mont-Sinaï :
Lorsqu'il revient vers nous, le front ceint de lumière,
Pour apporter la loi du Seigneur à la terre,
Ne lui demandons pas d'où vient cette clarté ;
Dieu ne doit pas à tous montrer sa majesté !

Ah ! lorsque je te vis avec ta robe blanche ,
Le froc de Dominique et ton allure franche ,
Dans le fond de mon cœur j'entendis une voix
Qui me dit aussitôt : — Le moine que tu vois,
Humble prédicateur, les reins ceints du cilice ,
De tous les biens du monde a fait le sacrifice :
Il aurait pu briller au milieu de Paris ,

De ses rares talents chacun était épris ;
Il a quitté la gloire... il va de ville en ville,
Vivant du pain du pauvre et prêchant l'Évangile.
Comme Pierre, Paul, Jean, disciples du Sauveur,
Il donne à sa doctrine une sainte douleur.
Il nous parle du Christ qui nous aime et pardonne,
D'espérance, d'amour, et ne damne personne.

Moine, voilà d'où vient ton magique pouvoir ;
Toi seul courbes nos fronts sous le joug du devoir ;
De la religion les mystères terribles,
Révélés par ta voix, ne sont plus invisibles.
La chaire, grâce à toi, n'est plus ce tribunal
Redoutable autrefois... C'est un brillant fanal,
Un immense foyer, un phare qui rayonne.
Ainsi le roi du jour qui dans l'air tourbillonne,
De son disque, à grands flots, répandant la clarté,
Réchauffe ciel et terre et leur immensité.

O régénérateur, dans la nouvelle voie
Marche, suis l'impulsion du Seigneur qui t'envoie ;
Pour faire aimer la croix, cache-la sous des fleurs,
Donne un divin prestige aux célestes douleurs ;
Abaisse, s'il le faut, le ciel jusqu'à la terre,
Et, le sourire au front, conduis-nous au Calvaire.

Là tu nous montreras la croix teinte de sang,
Le Christ dont les païens ont transpercé le flanc,
Et nous pleurerons tous, et nos larmes amères
Laveront devant Dieu nos fautes, nos misères.

Pour un pareil succès, qu'importent les moyens?
Que faut-il faire donc?... Convertir des chrétiens;
Arracher à l'enfer, aux éternelles flammes,
Des pécheurs égarés, et sauver plusieurs ames.

Le Christ voulut mourir, pour le salut de tous,
Sous le cruel marteau des bourreaux en courroux;
Et l'on ne pourrait pas, au moment du naufrage,
De la pompe du style employer le mirage,
Pour rappeler enfin des naufragés au port?
Et l'on ne pourrait pas, cédant au saint transport
D'un enthousiasme ardent, d'un céleste délire,
Adapter l'Évangile aux cordes de la lyre?
Chanter la pénitence, et, poète inspiré,
Prêcher l'humilité sur un rhythme sacré?
Ta parole a des fleurs loin de ce monde écloses;
Conduis-nous donc au ciel par un chemin de roses.

Annonce cependant le courroux du Seigneur
Aux pécheurs endurcis, à ces hommes sans cœur,

A ces nouveaux Judas , ces familles de traîtres,
Qui, pour trente deniers, renieraient tous les maîtres ;
Aux vils adorateurs de Moloc, de Baal,
Aux prêtres du veau d'or, dont le cœur est vénal ;
A ces vieux débauchés qui marchandent les filles,
Et font rougir le front des mères de familles ;
A tous ces harpagons, dont le trafic honteux
Extorque par huissier le sou du malheureux ;
Aux avides traitants , à ces joueurs de bourse,
Qui du bien de nous tous voudraient tarir la source ;
Aux auteurs qui, privés de sens et de raison ,
Dans leurs sales écrits répandent le poison ;
Aux dandys énervés, petits Sardanapales,
Dont les nuits et les jours ne sont que saturnales ;
Aux mères (je ne puis le dire sans horreur)
Qui corrompent la vierge et vendent son honneur ;
Au riche dont la main prend tout , jamais ne donne,
Refuse à l'indigent le denier de l'aumône ;
A l'égoïsme enfin .... divinité du jour,
Dont notre capitale est le brillant séjour.
Tonne, prédicateur; oui , tonne sur ces têtes,
Car le Seigneur le veut, et les foudres sont prêtes !

Mais ne vas pas frapper à la porte des rois ;
Tu n'y trouveras plus les vices d'autrefois ;

Babylone, ses nuits, l'orgueil et l'adultère,
Et des secrets d'État l'effroyable mystère.

Console l'artisan courbé sous ses travaux,
Et montre-lui le ciel comme un lieu de repos ;
Dis-lui que, pour calmer sa douleur, sa souffrance,
Le Sauveur, en mourant, lui laissa l'espérance.
Dis au riche orgueilleux qu'il doit donner du pain
A l'indigent qui prie et souffre de la faim ;
Dis aux rois, dont les fronts supportent la couronne,
De pardonner à tous pour que Dieu leur pardonne !
Prêche la loi d'amour, la loi de charité,
La loi des vrais chrétiens, la foi, la liberté.

Tu sauveras ainsi le monde du naufrage ;
Puis, comme un pèlerin, fatigué du voyage,
Qui se couche sur l'herbe, au déclin d'un beau jour,
Contemplant des élus le fortuné séjour,
Tu monteras au ciel sur la nue embrasée,
Nous laissant ton manteau pour un autre Elisée !

Imp. de A. HENRY, rue Gît-le-Cœur, 8.

Typographie de A. HENRY, rue Gît-le-Cœur, 8.